Analyse de l'œuvre

Par Lucile Lhoste

Le parfum du bonheur est plus fort sous la pluie

de Virginie Grimaldi

lePetitLittéraire.fr

Analyse de l'œuvre
Par Lucile Lhoste

Le parfum du bonheur est plus fort sous la pluie

de Virginie Grimaldi

Rendez-vous sur lepetitlitteraire.fr et découvrez :

Plus de 1200 analyses
Claires et synthétiques
Téléchargeables en 30 secondes
À imprimer chez soi

VIRGINIE GRIMALDI

ROMANCIÈRE FRANÇAISE

- **Née en 1977 près de Bordeaux**
- **Quelques-unes de ses œuvres** :
    - *Le Premier jour du reste de ma vie* (2015), roman
    - *Tu comprendras quand tu seras plus grande* (2016), roman
    - *Chère mamie* (2018), roman

Virginie Grimaldi est née en 1977. Elle dévore les livres très tôt et écrit son premier roman dès l'âge de huit ans. Elle a très vite désiré être romancière et a même gagné un concours de nouvelles, mais pendant longtemps, elle n'a pas su comment réaliser son rêve. C'est en 2009, après avoir créé son blog, que le déclic a lieu : grâce aux encouragements de ses lecteurs, elle se décide à participer à des concours. *Le Premier jour du reste de ma vie* a été créé pour l'un d'eux, mais n'a pas gagné : c'est un peu plus tard qu'elle l'a personnellement envoyé à un éditeur, qui l'a rappelée deux jours après.

Les succès s'enchainent alors : son premier roman est publié en 2015, et est suivi de quatre autres en trois ans. Parmi eux, *Tu comprendras quand tu seras plus grande* et *Il est grand temps de rallumer les étoiles* (2018) vont connaitre une adaptation cinématographique. Son dernier roman, *Chère mamie*, est sorti en octobre 2018.

LE PARFUM DU BONHEUR EST PLUS FORT SOUS LA PLUIE

LA LONGUE ACCEPTATION DE LA SÉPARATION ET DU DEUIL

- **Genre** : roman
- **Édition de référence** : *Le parfum du bonheur est plus fort sous la pluie*, Paris, Le Livre de Poche, 2017, 416 p.
- **1ʳᵉ édition** : 2017
- **Thématiques** : séparation, couple, famille, deuil, résilience

Pauline est une femme heureuse, mariée et mère de famille, jusqu'à ce que survienne un événement impensable à ses yeux : son mari Ben demande le divorce. Elle quitte aussitôt l'appartement commun pour s'installer avec son fils Jules chez ses parents, mais ne peut se résoudre à accepter la séparation. Pour tenter de faire revenir Ben, elle lui écrit une série de lettres, chacune racontant un souvenir de leur vie ensemble. Suite à un incident à son travail, elle se retrouve également à partager des vacances avec ses parents, ses grands-mères et ses frère et sœur. Ces événements la poussent contre toute attente à se remémorer des éléments de son passé qu'elle aurait préféré oublier, mais qu'elle devra accepter pour aller de l'avant.

Le parfum du bonheur est plus fort sous la pluie est paru chez Fayard en 2017 et a depuis séduit des milliers de lecteurs. Il a fait partie la même année de la sélection finale pour le Prix Maison de la Presse, qui récompense des romans et des documents largement diffusés.

RÉSUMÉ

Pauline Marionnet est une jeune femme à l'aube de sa vie : après une enfance tendue, entre un père alcoolique et une mère dépressive, elle rencontre son futur mari, Ben, alors qu'elle a à peine vingt ans. Le couple traverse d'abord des étapes classiques : un mariage après cinq ans, un enfant, Jules, qui met un peu de temps à venir, mais qui est bien là. Puis vient le drame : quinze mois après la naissance de leur fils, Pauline met au monde un enfant mort-né, la petite Ambre. Alors que Ben voudrait pouvoir en parler, la jeune femme choisit de nier la réalité et de continuer à vivre comme si rien ne s'était passé. Cet événement met en péril leur relation jusqu'à ce que Ben décide de demander le divorce.

Installée chez ses parents, Pauline refuse de chercher un logement, cumule les incidents au travail et ne veut plus voir ses amis. Pour tenter de faire revenir Ben, elle lui écrit des lettres, comme autant de souvenirs de leur vie heureuse : leur rencontre à son stage, leur premier rendez-vous, la rencontre avec les parents, l'appartement, le mariage, la naissance de Jules... Mais Ben, lui, n'a toujours pas oublié Ambre et répond avec ses propres souvenirs relatant leurs espoirs, la tragédie et le délitement de leur amour. Mise face à ses vieux démons, Pauline n'a d'autre choix que d'admettre que leur histoire est bien terminée et se décide enfin à aller de l'avant en prenant un petit appartement avec son fils.

LE DÉNI DE LA RÉALITÉ

Trois mois après sa séparation d'avec Ben, Pauline prépare pourtant dans les détails leurs dix ans de mariage, persuadée qu'il viendra. Ses parents, qui la logent, désespèrent de la voir s'enfoncer dans ses illusions et tentent de la remettre en contact avec le monde en invitant leurs autres enfants, Emma et Romain, et en emmenant Pauline chez un psychiatre renommé. Mais au moindre signe, Pauline replonge. Quand Ben la recontacte, elle n'imagine pas que c'est pour discuter de la vente de l'appartement. Quand Jules fait une chute pendant la kermesse de son école, elle croit que cette épreuve les rapprochera. C'est quand elle se retrouve seule, sa famille étant en vacances et elle au travail, qu'elle fait un premier pas en se rendant aux dix ans de mariage de son amie Nathalie. Elle y voit Ben en galante compagnie : cette vision lui coute, mais elle se force à rester quelques heures.

Un jour, au travail, elle se moque d'un client nommé René Latoppe, pensant qu'il lui fait une blague à cause de son prénom ressemblant à celui d'une créature de chanson. Cela lui vaut des vacances forcées, qu'elle se décide finalement à passer avec sa famille partie à Arcachon, dans une maison qu'elle admirait pendant son enfance et depuis rachetée par Emma et son mari. Elle commence à profiter de bons moments avec Jules quand Romain lui annonce une terrible nouvelle : il pense que leur père boit à nouveau. Il est impossible pour les frère et sœurs d'y croire, car il est sobre depuis dix ans, après avoir appris qu'il souffrait d'un cancer aujourd'hui guéri...

Difficile cependant pour Pauline de nier l'évidence quand elle voit son père entrer dans un bar. Elle ne sait comment gérer la situation, qui devient plus tendue encore quand elle surprend une conversation téléphonique entre le mari d'Emma et une certaine « Camille ». Au milieu de ce chaos, elle reçoit tout de même la visite de ses amies Nathalie et Julie qui l'emmènent faire la fête. Au cours de la soirée, elle rencontre Maxime, qui lui offre l'occasion d'oublier Ben. Au deuxième rendez-vous pourtant, ses dehors avenants tombent et il force un baiser, croyant qu'ils vont passer la nuit ensemble. Pauline est sauvée par l'intervention de sa grand-mère Colombe. Peu après, son univers s'écroule un peu plus quand Ben demande la garde partagée de Jules. Elle décide donc de profiter de tout le temps dont elle dispose avec le petit garçon.

DES SECRETS RÉVÉLÉS

Trois jours avant la fin des vacances, en se promenant avec Jules, Pauline aperçoit à nouveau son père entrer dans le bar. Elle alerte aussitôt Emma et Romain et ils y retournent ensemble… pour découvrir qu'il y retrouvait en fait régulièrement leur mère, lors de rendez-vous clandestins destinés à entretenir la flamme dans leur couple. C'est donc le soulagement, d'autant plus qu'Emma a de son côté une bonne nouvelle à annoncer : elle est enceinte de son troisième enfant. Mais la nuit suivante, une autre mauvaise nouvelle survient avec la fugue de Milan, le fils que le mari d'Emma a eu d'une première union. Alors que Pauline et Emma le cherchent ensemble, elles crèvent enfin l'abcès sur le départ de Pauline à vingt ans, le vide laissé chez sa sœur et tout ce qu'elle fait pour maintenir l'apparence d'une vie parfaite qu'elle a construite par peur de tout perdre. Le dernier jour, c'est avec sa mère que Pauline se dispute. Tous lui reprochent son égoïsme, ses critiques et son incapacité à admettre qu'elle-même doit aller de l'avant. Blessée, elle doit toutefois admettre qu'ils ont raison.

Au retour à la maison, après toutes les lettres envoyées avec leurs souvenirs communs, elle reçoit enfin une réponse de Ben. Ce dernier déclare se souvenir de tout, mais qu'elle a de son côté oublié une part importante de leur vie commune, qu'il va à son tour lui rappeler. Il commence par lui raconter le moment où ils ont appris que Jules allait avoir une petite sœur, qu'ils voulaient appeler Ambre. Le moment où elle a appelé Ben pour lui annoncer l'accouchement, comment ils ont appris, à l'hôpital, que le cœur du bébé avait cessé de battre, comment ils se sont révélés incapables de l'affronter à deux… Pauline voit toutes ces images lui revenir en tête alors qu'elle avait tout fait pour les oublier.

Paradoxalement, elle commence à aller mieux : elle est capable de parler avec Emma de son futur bébé sans que la conversation tourne au vinaigre, supporte une plaisanterie de son patron impliquant un faux client... Romain, quant à lui, annonce son mariage avec son compagnon Thomas, alors qu'il avait jusqu'ici du mal à assumer cette relation vis-à-vis de ses parents. Emma finit par avouer que Camille est en réalité un homme, avec lequel elle a trompé son mari l'année précédente et qui essaie depuis de lui faire du chantage sous tous les prétextes fallacieux qu'il trouve.

Un dernier événement vient bouleverser leurs vies : leur grand-mère Colombe décède d'un AVC. C'est l'occasion pour Pauline et sa mère de découvrir qu'elle avait été abandonnée par sa mère, ce qui fait écho à leur relation tendue. Ce n'est que plusieurs mois après que la mère de Pauline leur révèle que ce n'était pas par caprice qu'elle les avait abandonnés pendant un an, vingt ans auparavant. Elle faisait en réalité une grave dépression, et devait se faire hospitaliser le temps d'en guérir.

Cet ultime secret révélé, les relations de Pauline et de sa mère s'apaisent enfin. Elle finit par trouver la force de parler à Jules de sa petite sœur, de trouver un appartement pour son fils et elle, et de signer les papiers du divorce avec Ben. Elle a renoncé à l'amour de sa vie, mais a enfin accepté l'idée que le bonheur l'attendait peut-être toujours.

ÉTUDE DES PERSONNAGES

PAULINE MARIONNET

Pauline est une femme de trente-cinq ans qui s'est toujours considérée comme quelconque, en regard de sa sœur qu'elle pense plus jolie qu'elle. Malgré tout, elle tient à prendre soin d'elle et de son apparence. Elle était en surpoids pendant son adolescence, mais a brusquement perdu une vingtaine de kilos après le départ de sa mère. Ses relations avec ses proches sont compliquées, en particulier avec sa sœur, dont elle jalouse la vie parfaite, et sa mère, à laquelle elle a toujours tenu rancune de les avoir abandonnés pendant un an. Titulaire d'un BTS d'assistante de direction, pendant lequel elle a rencontré ses fidèles amies Nathalie et Julie, elle exerce le métier de conseillère dans une agence pour l'emploi.

Principale narratrice de l'histoire, Pauline s'y distingue par un enthousiasme qui frise souvent la naïveté. Elle persiste en effet longtemps à croire que son mari, Ben, va revenir, alors que lui ne l'a jamais envisagé, et qu'ils pourront donner un petit frère ou une petite sœur à leur fils de quatre ans, Jules. Cette bonne humeur, réelle dans les souvenirs qu'elle écrit, devient une façade après la mort de leur fille Ambre à la naissance. Choisissant de nier ce malheur, elle ne le laisse plus l'atteindre que dans ses rêves et ne parle jamais du drame. Elle n'a jamais vraiment fait son deuil et c'est Ben, en la confrontant à ce douloureux souvenir, qui l'aidera à le faire.

Pauline se montre également très critique à l'égard des autres et de leur mode de vie, ce qui lui vaut des disputes parfois violentes avec ses proches. Elle s'est tellement fermée sur elle-même après la demande de divorce de Ben qu'elle en a oublié que les autres aussi souffraient. C'est au fil des confrontations avec eux qu'elle va recommencer à aller de l'avant et à sortir de la sphère d'égocentrisme dans laquelle elle s'était réfugiée.

BENJAMIN FRÉMONT

Benjamin, dit Ben, est le mari de Pauline et le père de Jules. C'est un homme aux cheveux blonds qui a, du moins dans sa jeunesse, beaucoup d'humour. Ce dernier est d'ailleurs parfois exagéré, puisqu'il lui a couté la réussite d'un entretien d'embauche dans les débuts de sa carrière d'informaticien. Il a été très marqué par la perte de ses grands-parents, survenue cinq ans plus tôt, et conserve précieusement des souvenirs de son père lui aussi décédé.

Contrairement à Pauline, Ben a tenté de continuer à vivre après la perte d'Ambre. Il a repris une vie normale, mais cette perte ne l'a pas laissé sans cicatrices. Devant le mutisme de Pauline, il a vu un psychiatre et a pris des antidépresseurs. Il a progressivement vu son couple se détériorer et, en sentant le point de non-retour arriver, a choisi de crever l'abcès en demandant le divorce. Il se montre depuis tantôt distant, tantôt glacial avec sa femme, ne choisissant de la voir que pour les détails pratiques concernant la vente de l'appartement ou la garde de Jules. Il finit cependant par montrer qu'il n'a rien oublié de leur histoire commune, y compris ce que Pauline cherche tant à oublier. Même s'il ne se berce pas de l'illusion que leur couple peut se reformer, il ne renie pas leurs quinze ans de vie commune et tient finalement à ce qu'ils maintiennent de bonnes relations.

EMMA

Emma est la petite sœur de Pauline. Âgée de trente-trois ans, elle a rencontré Jérôme six ans auparavant. Ils ont ensemble trois enfants : Sydney, Nouméa et Paris, auxquelles vient s'ajouter Milan, le fils de Jérôme. Déjà petite, Emma rêvait du prince charmant, d'une belle maison et d'une vie parfaite. Devenue adulte, après avoir rencontré son futur mari, elle s'est employée à contrôler le moindre détail de sa vie pour préserver ses acquis : le mari, les enfants, les maisons, les projets, etc.

Cette façade cache cependant des fêlures. Emma a par exemple beaucoup souffert du départ de sa mère, puis de celui de Pauline, dont elle était très proche, quand elle a emménagé avec Ben. Elle est préoccupée par le possible autisme de Sydney, la santé de Nouméa qui n'a que six mois et sa solitude consécutive aux fréquents déplacements de Jérôme. C'est durant l'un d'eux qu'elle a succombé au charme d'un parent d'élève, Camille, liaison qu'elle a immédiatement regrettée et dont elle a informé Jérôme. Le couple a néanmoins surmonté cette épreuve.

ROMAIN

Romain est le petit frère âgé d'environ vingt-huit ans de Pauline et Emma. Il s'entend particulièrement bien avec la première, dont il recueille les confidences depuis que les relations avec Emma sont tendues. Il est en couple avec Thomas depuis longtemps, mais a des difficultés à assumer son homosexualité depuis qu'il l'a révélée à ses parents à dix-huit ans et a dû faire face à leur incompréhension qui l'a bouleversé. Au fil du roman, il trouve cependant le courage de faire les présentations officielles et d'annoncer Thomas comme son futur mari. Ses craintes s'avèrent infondées : si ses parents agissent toujours avec retenue, ils accueillent très bien leur futur gendre. Romain est d'un tempérament joyeux et blagueur, mais sait garder son sérieux quand la situation l'exige et prend très au sérieux la possible rechute de son père dans l'alcool.

LES PARENTS ET GRANDS-PARENTS DE PAULINE

Dans son épreuve, Pauline est bien entourée : ses parents l'ont accueillie, et elle peut aussi compter sur le soutien de ses deux grands-mères, Marcelle « Colombe » et Nonna. Tous ont connu des problèmes dont ils ont du mal à parler :

- Le père de Pauline, Patrick, a commencé à boire très jeune et a été alcoolique la majeure partie de sa vie. Il n'a arrêté qu'en apprenant qu'il souffrait d'un cancer, et assume difficilement de l'avoir fait pour ça et pas pour le bien de sa famille. Il essaie de faire le lien entre sa femme et sa fille. Il adore faire le ménage et la cuisine, depuis sa retraite surtout ;
- La mère de Pauline est une femme très peu ordonnée qui ne fait la cuisine que par égard pour sa fille. Elle a brusquement disparu vingt ans plus tôt, pour revenir sans explication un an plus tard. Il est finalement révélé qu'elle souffrait d'une grave dépression, au point d'avoir envisagé de se suicider avec ses enfants, et qu'en accord avec Patrick elle a préféré se faire hospitaliser. Mais cette absence a durablement creusé un fossé avec ses enfants et elle a du mal à maintenir de bonnes relations avec eux ;
- Colombe est la grand-mère maternelle de Pauline. C'est une femme qui n'aime pas son

statut de grand-mère, d'où ce surnom supposé remplacer « Mamie ». Elle est souvent sarcastique, voire cassante, mais se révèle lucide sur les qualités et les failles de son entourage. Elle a toujours prétendu que sa mère était morte quand elle avait dix ans, mais elle l'a en réalité abandonnée chez les sœurs et a fondé une autre famille. Colombe en a tant souffert qu'elle a préféré se construire une carapace et s'empêcher d'aimer, pour éviter d'être blessée à nouveau ;
- Nonna est la grand-mère paternelle de Pauline, dont elle est très proche. Pauline ne la voit désormais que très peu, car Nonna a déménagé à Strasbourg, mais elle l'aime beaucoup. Nonna a elle aussi vécu beaucoup d'épreuves : son mari et deux de ses fils, le père et les frères de Patrick, sont morts à cause de l'alcool. Si elle ne l'exprime pas, elle a donc sans doute vécu difficilement la maladie de son fils.

Tous ont des rapports de conseillers avec Pauline et tentent de l'aider à reprendre la main et à avancer. Ils butent cependant souvent sur le refus que leur fille et petite-fille leur oppose, mais restent à ses côtés pour son bien et celui de Jules.

CLÉS DE LECTURE

LES ÉTAPES DU DEUIL

Le deuil est explicitement évoqué par le docteur Pasquier, le psychiatre consulté par Pauline. Il l'utilise pour qualifier le travail que Pauline doit faire sur sa relation avec Ben, en évoquant les cinq étapes qui jalonnent traditionnellement le deuil.

LE SAVIEZ-VOUS ?

Le travail de deuil est généralement divisé en cinq étapes-clés : le déni, la colère, le marchandage, la dépression et l'acceptation. Ces étapes, que tous ne traversent pas intégralement et qui peuvent se chevaucher, ont été théorisées par la psychiatre Élisabeth Kübler-Ross (1926-2004) dans le cadre de ses travaux sur les soins palliatifs.

Le déni est particulièrement marqué par la manière dont Pauline encaisse l'annonce du divorce – elle préfère continuer à zapper les programmes télévisés plutôt qu'écouter Ben – et croit que son mari viendra au restaurant pour leurs dix ans malgré la séparation et les heures qui s'écoulent. D'après le docteur Pasquier, elle en est au marchandage lorsqu'elle vient le voir pour la première fois. Elle y reste longtemps et n'accepte que très tard la fin de la relation.

Le plus grand deuil que doit faire Pauline est néanmoins celui de sa fille Ambre. Ben raconte dans une grande partie de ses lettres le bonheur qu'ils avaient de l'attendre et la joie qu'ils avaient à l'hôpital avant l'annonce fatale. Cette étape de leur vie a été extrêmement traumatisante, non seulement parce qu'ils avaient déjà des projets avec elle, mais aussi parce qu'il a fallu pratiquer l'accouchement en sachant Ambre déjà morte puis lui organiser un enterrement.

Après ce drame, leur douleur est extrême, mais ils n'en font pas le deuil de la même façon : Ben reprend son quotidien et voit un psychiatre, Pauline fait simplement semblant d'aller mieux. Mais ils ne parviennent pas à affronter l'épreuve ensemble, ce qui saute aux yeux de Ben lorsqu'il trouve les antidépresseurs de sa femme :

« Avant, on ne se serait jamais caché ça. On vivait la même douleur, mais on ne la partageait pas. À trop vouloir s'épargner, on s'était éloignés. » (p. 365)

Ils ont en réalité deux types de deuils à faire en même temps, qui rendent le processus d'autant plus difficile, qu'on appelle ici deuil périnatal :

> « La survenue de la mort avant la naissance inverse l'ordre habituel du cours de la vie et plonge les parents et leurs enfants dans la confusion. La perte a lieu au cours d'une grossesse, c'est-à-dire pendant la période de développement psychique de la femme en train de devenir mère et de l'homme en train de devenir père. » (ROUSSEAU Pierre, « Accompagnement du deuil périnatal : pourquoi et comment ? », in ROMMELAERE C. et RAVEZ L. [dir.], Parce que l'amour ne meurt pas... Éthique et deuil périnatal, PUN, Namur, 2014, p. 13)

La confusion se joue en effet tant chez Ben et Pauline, qui se voyaient parents à nouveau, que chez leur fils Jules. Si des réminiscences peuvent être observées dans les pensées et rêves de Pauline, notamment quand elle rêve qu'on lui prend des mains une peluche de Bourriquet représentant son bébé, cela ne devient vraiment évident que lorsque Jules trouve la même peluche dans les affaires d'Ambre. Il n'a alors que deux ans et ne comprend pas pourquoi il y a dans la maison des jouets auxquels il ne peut pas toucher. Ses parents, de leur côté, ne trouvent pas les mots pour lui parler de cette perte, ce qui entretient le caractère flottant du souvenir.

LE PROCÉDÉ PAR LETTRES

Les personnages du roman, Pauline en tête, ont beaucoup de difficultés à communiquer sur les sujets difficiles. Ce n'est pourtant pas dans le cadre d'une thérapie que les lettres commencent à arriver, mais parce que la jeune femme désire plus que tout faire revenir Ben. Prise d'une subite inspiration, elle écrit ses souvenirs et lui en envoie un chaque jour, en espérant que cela le ramènera à elle. Ces lettres sont l'occasion d'entrer dans l'intimité des personnages, plus encore que dans la narration elle-même. Le plus grand secret du roman, l'existence d'Ambre, est par exemple révélé de cette façon. Au-delà du genre épistolaire – où il s'agit réellement d'une correspondance, ce qui est moins le cas dans *Le parfum du bonheur est plus fort sous la pluie –*, le récit rend aux lettres leur fonction première, celle de communiquer par écrit ce que l'on n'arrive pas à dire oralement.

Ils sont trois à écrire des lettres : Pauline, son mari et sa mère. Le changement est opéré par des dates précises et la mise en italique du texte, et ce sont les seuls moments du récit qui ne sont pas titrés comme des chapitres. Le ton surtout montre très vite à quel point la psychologie des personnages y joue un rôle. La lecture de ces extraits suffit en effet à avoir une nette idée de leurs caractéristiques psychologiques et de leur rapport aux personnes évoquées. C'est d'autant plus le cas quand c'est explicitement dit, comme lorsque Ben fait croire à Pauline pour le 1er avril que sa mère à lui, avec laquelle elle est à couteaux tirés, veut remettre les choses à plat :

> *« J'ai peiné à trouver mes mots. Ta mère m'avait toujours considérée comme un nuisible qu'il fallait éradiquer. Si elle avait eu une tapette assez grande, elle m'aurait écrasée. Durant tout le trajet jusque chez nous, j'ai pensé qu'il était possible qu'elle ait un cœur, j'ai envisagé que nous puissions avoir de bonnes relations. »* (p. 140)

Malgré leur but premier, ces souvenirs écrits ne parviennent pas à remplir leur office : ressouder le couple Pauline-Ben. En effet, même si Pauline n'en a pas conscience, cette écriture de leur histoire est avant tout une forme de thérapie qui lui permet de faire son deuil. La réussite de cette thérapie est permise par ses deux correspondants, Ben et sa mère, qui, chacun à leur façon, lui rappellent les souvenirs qui manquent pour compléter le puzzle. Si Ben le fait pour ce qui concerne Ambre, sa mère le fait en reconnaissant qu'elles ont « souvent du mal à [se] parler, mais [elle] aussi avait envie de [lui] raconter quelques souvenirs [d'elles] » (p. 391). Elle dissémine ainsi de petits souvenirs, de la naissance de Pauline à la mort d'Ambre, étalés sur trente-trois ans et qui suffisent à exprimer ce qu'elle ressent pour elle malgré la distance qui s'est creusée avec les années.

En dehors de Pauline, personne ne s'y trompe : les lettres ne peuvent faire revenir Ben. Le docteur Pasquier pose des mots sur cette fatalité en fin de récit, tout en admettant que l'idée de base était bonne :

> « [...] cela vous a permis de revivre les moments forts de votre histoire et de les confronter. Vous

> n'avez pas la même lecture des choses. Vous avez, sans doute par instinct de survie, conservé uniquement les bons souvenirs. Pour votre mari, c'est différent : le drame que vous avez vécu a pris le dessus sur tout le reste. » (p. 367)

Écrire les souvenirs était donc, dans ce cas, nécessaire pour Pauline et Ben. Pas pour raviver la flamme, comme Pauline l'espérait au départ, mais bien pour accompagner le deuil nécessaire tant du couple que de l'enfant décédé.

LE SECRET DE FAMILLE COMME RESSORT LITTÉRAIRE

Les secrets de famille – ou les éléments tabous – sont nombreux dans *Le parfum du bonheur est plus fort sous la pluie* : la mort d'Ambre, l'alcoolisme de Patrick, la dépression de la mère de Pauline, l'homosexualité de Romain, la tromperie d'Emma, l'abandon de Colombe… La réunion de toute la famille, grands-mères, parents, enfants, conjoints et petits-enfants, est l'occasion de faire éclater tous ces mystères au grand jour.

Le lieu des retrouvailles est d'ailleurs symbolique : il s'agit d'une maison à Arcachon en bord de mer que Pauline, Romain et Emma admiraient étant enfants. Bien des années ont passé depuis et Emma, forte de la réussite financière de sa famille, a pu la racheter pour qu'ils puissent tous se réunir. Leur cohabitation dans un même lieu pendant plusieurs semaines va cependant les pousser à entrer en confrontation sur des questions qu'ils préféreraient éviter.

On retrouve souvent des secrets dans les œuvres littéraires, et pas uniquement contemporaines. Comme dans ce roman-ci, ils peuvent avoir un rôle-clé dans la construction du sujet et de son identité. Leur occultation participe des rapports difficiles entre les personnages, et leur révélation permet d'apaiser les tensions et d'amorcer un nouveau départ.

Le détenteur ultime des secrets n'est cependant pas le personnage, mais bien le lecteur. La narration y concourt : « Les narrations polyphoniques et croisées permettent dans un premier temps de maintenir le lecteur face à une certaine opacité, pour lui donner ensuite la possibilité de saisir, mieux que les personnages, l'imbrication des secrets et des mensonges dans l'histoire familiale. » (DJURIC N., « Le secret de famille dans le roman contemporain », in *L'intermède.com*, consulté le 15 novembre 2018, http://www.lintermede.com/pages-bissa-enama-fontane-wacker-secret-de-famille-roman.php)

Cette observation est réalisée sur d'autres romans contemporains, mais peut tout aussi bien être appliquée à *Le parfum du bonheur est plus fort sous la pluie*. Même si la narration de Pauline occupe la majeure partie de l'œuvre, on y retrouve bien les points de vue de trois personnages différents. De plus, des secrets ne sont partagés qu'entre certaines personnes : la tromperie d'Emma n'est par exemple connue que de Jérôme, Pauline et Emma elle-même. Il n'y a finalement que le lecteur qui est capable de rassembler tous les secrets abordés et de les organiser pour démêler l'écheveau que constituent les relations des Marionnet et des Frémont. Les silences familiaux deviennent autant de matériaux indispensables pour comprendre le récit, au même titre que ce qui est explicitement formulé, même après des années de rumination.

Les secrets de famille ne sont donc pas seulement un élément du récit parmi d'autres, ils sont en fait l'élément central permettant la compréhension de l'œuvre. Sans eux, sans leur révélation, impossible pour les personnages d'aller de l'avant. Ils constituent donc le fil rouge du roman : ils servent d'élément déclencheur – notamment à la séparation, fruit des non-dits sur la disparition d'Ambre – qui permettra aux Marionnet de se confronter les uns aux autres dans leurs deuils respectifs.

PISTES DE RÉFLEXION

QUELQUES QUESTIONS POUR APPROFONDIR SA RÉFLEXION...

- Dans les derniers chapitres, Pauline finit par considérer que « le parfum du bonheur est plus fort sous la pluie » (p. 389) en réalisant que le bonheur a plus de saveur s'il est entrevu au milieu des épreuves. À la lumière de son parcours, qu'est-ce qui lui permet d'arriver à cette conclusion ?
- En quoi la dépression de la mère de Pauline a-t-elle été un élément fondateur des relations familiales ?
- L'alcoolisme du père de Pauline, Patrick, est connu quand débute le récit, mais reste difficilement assumé. Pourquoi, selon vous, ce secret pourtant révélé reste-il un obstacle à ce point ?
- Pauline et Ben traversent tous deux le même deuil, celui de leur fille Ambre. Mais le font-ils de la même façon ? Expliquez votre réponse.
- Outre le deuil d'Ambre, il en est un plus récent et plus vif à faire qui est celui du couple.

L'attitude de Ben laisse à penser qu'il est déjà passé à autre chose, mais est-ce vraiment le cas ou a-t-il lui aussi besoin de franchir certaines étapes pour évoluer ?

- En écrivant ses lettres, Pauline s'imagine faire revenir Ben. Est-ce cependant le véritable but des lettres *in fine* ? Qu'est-ce qui permet de l'affirmer ou non ?
- La mère de Pauline écrit elle aussi une lettre, une série de petits souvenirs, qu'elle expédie en une fois à sa fille. Ces souvenirs-là ont-ils la même fonction que ceux racontés par sa fille et son gendre ? En quoi sont-ils différents ?
- La notion d'éloignement revient souvent, du simple éloignement géographique à l'abandon d'un proche. Dans quelle mesure ces événements façonnent-ils la personnalité des personnages et leurs rapports aux autres ?
- Nonna est le seul membre de la famille de l'héroïne, Romain excepté, avec qui elle n'a que de bons rapports. Quelle influence a-t-elle dès lors sur l'évolution de Pauline ?

Votre avis nous intéresse !
Laissez un commentaire sur le site de votre librairie en ligne
et partagez vos coups de cœur sur les réseaux sociaux !

POUR ALLER PLUS LOIN

ÉDITION DE RÉFÉRENCE

- GRIMALDI V., *Le parfum du bonheur est plus fort sous la pluie*, Paris, Le Livre de Poche, 2017, 416 p.

ÉTUDE DE RÉFÉRENCE

- DJURIC N., « Le secret de famille dans le roman contemporain », in *L'intermède.com*, consulté le 15 novembre 2018, http://www.lintermede. com/pages-bissa-enama-fontane-wacker-se-cret-de-famille-roman.php.
- ROUSSEAU P., « Accompagnement du deuil périnatal : pourquoi et comment ? », in ROMMELAERE C. et RAVEZ L. (dir.), *Parce que l'amour ne meurt pas... Éthique et deuil périnatal*, PUN, Namur, 2014.

SUR LEPETITLITTÉRAIRE.FR

- Fiche de lecture sur *Le Premier jour de reste de ma vie* de Virginie Grimaldi.

Retrouvez notre offre complète sur lePetitLittéraire.fr

- des fiches de lectures
- des commentaires littéraires
- des questionnaires de lecture
- des résumés

ANOUILH
- Antigone

AUSTEN
- Orgueil et Préjugés

BALZAC
- Eugénie Grandet
- Le Père Goriot
- Illusions perdues

BARJAVEL
- La Nuit des temps

BEAUMARCHAIS
- Le Mariage de Figaro

BECKETT
- En attendant Godot

BRETON
- Nadja

CAMUS
- La Peste
- Les Justes
- L'Étranger

CARRÈRE
- Limonov

CÉLINE
- Voyage au bout de la nuit

CERVANTÈS
- Don Quichotte de la Manche

CHATEAUBRIAND
- Mémoires d'outre-tombe

CHODERLOS DE LACLOS
- Les Liaisons dangereuses

CHRÉTIEN DE TROYES
- Yvain ou le Chevalier au lion

CHRISTIE
- Dix Petits Nègres

CLAUDEL
- La Petite Fille de Monsieur Linh
- Le Rapport de Brodeck

COELHO
- L'Alchimiste

CONAN DOYLE
- Le Chien des Baskerville

DAI SIJIE
- Balzac et la Petite Tailleuse chinoise

DE GAULLE
- Mémoires de guerre III. Le Salut. 1944-1946

DE VIGAN
- No et moi

DICKER
- La Vérité sur l'affaire Harry Quebert

DIDEROT
- Supplément au Voyage de Bougainville

DUMAS
- Les Trois Mousquetaires

ÉNARD
- Parlez-leur de batailles, de rois et d'éléphants

FERRARI
- Le Sermon sur la chute de Rome

FLAUBERT
- Madame Bovary

FRANK
- Journal d'Anne Frank

FRED VARGAS
- Pars vite et reviens tard

GARY
- La Vie devant soi

GAUDÉ
- La Mort du roi Tsongor
- Le Soleil des Scorta

GAUTIER
- La Morte amoureuse
- Le Capitaine Fracasse

GAVALDA
- 35 kilos d'espoir

GIDE
- Les Faux-Monnayeurs

GIONO
- Le Grand Troupeau
- Le Hussard sur le toit

GIRAUDOUX
- La guerre de Troie n'aura pas lieu

GOLDING
- Sa Majesté des Mouches

GRIMBERT
- Un secret

HEMINGWAY
- Le Vieil Homme et la Mer

HESSEL
- Indignez-vous !

HOMÈRE
- L'Odyssée

HUGO
- Le Dernier Jour d'un condamné
- Les Misérables
- Notre-Dame de Paris

HUXLEY
- Le Meilleur des mondes

IONESCO
- Rhinocéros
- La Cantatrice chauve

JARY
- Ubu roi

JENNI
- L'Art français de la guerre

JOFFO
- Un sac de billes

KAFKA
- La Métamorphose

KEROUAC
- Sur la route

KESSEL
- Le Lion

LARSSON
- Millenium I. Les hommes qui n'aimaient pas les femmes

LE CLÉZIO
- Mondo

LEVI
- Si c'est un homme

LEVY
- Et si c'était vrai…

MAALOUF
- Léon l'Africain

MALRAUX
- La Condition humaine

MARIVAUX
- La Double Inconstance
- Le Jeu de l'amour et du hasard

MARTINEZ
- Du domaine des murmures

MAUPASSANT
- Boule de suif
- Le Horla
- Une vie

MAURIAC
- Le Nœud de vipères

MAURIAC
- Le Sagouin

MÉRIMÉE
- Tamango
- Colomba

MERLE
- La mort est mon métier

MOLIÈRE
- Le Misanthrope
- L'Avare
- Le Bourgeois gentilhomme

MONTAIGNE
- Essais

MORPURGO
- Le Roi Arthur

MUSSET
- Lorenzaccio

MUSSO
- Que serais-je sans toi ?

NOTHOMB
- Stupeur et Tremblements

ORWELL
- La Ferme des animaux
- 1984

PAGNOL
- La Gloire de mon père

PANCOL
- Les Yeux jaunes des crocodiles

PASCAL
- Pensées

PENNAC
- Au bonheur des ogres

POE
- La Chute de la maison Usher

PROUST
- Du côté de chez Swann

QUENEAU
- Zazie dans le métro

QUIGNARD
- Tous les matins du monde

RABELAIS
- Gargantua

RACINE
- Andromaque
- Britannicus
- Phèdre

ROUSSEAU
- Confessions

ROSTAND
- Cyrano de Bergerac

ROWLING
- Harry Potter à l'école des sorciers

SAINT-EXUPÉRY
- Le Petit Prince
- Vol de nuit

SARTRE
- Huis clos
- La Nausée
- Les Mouches

SCHLINK
- Le Liseur

SCHMITT
- La Part de l'autre
- Oscar et la
  Dame rose

SEPULVEDA
- Le Vieux qui
  lisait des romans
  d'amour

SHAKESPEARE
- Roméo et Juliette

SIMENON
- Le Chien jaune

STEEMAN
- L'Assassin
  habite au 21

STEINBECK
- Des souris et
  des hommes

STENDHAL
- Le Rouge et
  le Noir

STEVENSON
- L'Île au trésor

SÜSKIND
- Le Parfum

TOLSTOÏ
- Anna Karénine

TOURNIER
- Vendredi ou
  la Vie sauvage

TOUSSAINT
- Fuir

UHLMAN
- L'Ami retrouvé

VERNE
- Le Tour
  du monde
  en 80 jours
- Vingt mille
  lieues sous
  les mers
- Voyage au
  centre de
  la terre

VIAN
- L'Écume des jours

VOLTAIRE
- Candide

WELLS
- La Guerre des
  mondes

YOURCENAR
- Mémoires
  d'Hadrien

ZOLA
- Au bonheur
  des dames
- L'Assommoir
- Germinal

ZWEIG
- Le Joueur
  d'échecs

www.lepetitlitteraire.fr

ISBN version numérique : 9782808015097
ISBN version papier : 9782808015103
Dépôt légal : D/2018/12603/515

Conception numérique : Primento,
le partenaire numérique des éditeurs.

Ce titre a été réalisé avec le soutien de la Fédération Wallonie-Bruxelles, Service général des Lettres et du Livre.